Colección Altea benjamín

Para Jennifer y Karen H.

Título original: *Timothy goes to school*
Primera edición publicada por The Dial Press, U.S.A.
© Rosemary Wells, 1981
© 1982, Ediciones Altea, S. A., de la presente edición en lengua española
Derechos en lengua española convenidos
a través de Sheldon Fogelman
Con la aurorización de Editions Gallimard
para esta presentación en formato de bolsillo
© 1988, Altea, Taurus, Alfaguara, S. A.,
Juan Bravo, 38 - 28006 Madrid

2ª reimpresión: enero 1990
3ª reimpresión: mayo 1997

PRINTED IN SPAIN
Impreso en España por:
UNIGRAF, S.A.
Políg. Industrial Arroyomolinos
Móstoles (Madrid, España)
Depósito legal: M-17.654-1997
I.S.B.N.: 84-372-1751-2

Timoteo va a la escuela

texto e ilustraciones de Rosemary Wells

traducción de Miguel A. Diéguez

Altea

La madre de Timoteo
le hizo a su hijo un traje nuevo
para su primer día de escuela.

– ¡Formidable!
–exclamó Timoteo.

Timoteo se encaminó a la
escuela con su traje nuevo,
su libro nuevo y su lápiz nuevo.

– Buenos días –saludó
Timoteo.

– Buenos días –saludó la maestra.

– Timoteo –dijo la maestra–,
éste es Claudio.
Claudio, éste es Timoteo.

Estoy segura de que seréis
muy buenos amigos.

– Hola –saludó Timoteo.

– Nadie lleva un traje nuevo
en su primer día de clase
–dijo Claudio.

Durante el recreo,
Timoteo deseó que Claudio
se cayera en un gran charco.

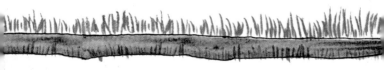

Pero no se cayó.

Cuando Timoteo regresó a
casa, su madre le preguntó:
– ¿Cómo te ha ido
en la escuela?

– Nadie llevaba un traje nuevo
el primer día de escuela
–dijo Timoteo.

– No importa.
Te haré una bonita chaqueta
–dijo la madre de Timoteo.

A la mañana siguiente Timoteo
llevaba su nueva chaqueta.

– Hola –saludó Timoteo
a Claudio.

– Nadie viene con un traje de
fiesta en su segundo día
de clase
–dijo Claudio.

Durante todo el día,
Timoteo deseó que Claudio
se equivocara en algo.

Pero no se equivocó.

Cuando Timoteo regresó a
casa, su madre le preguntó:
– ¿Lo has pasado hoy bien
en la escuela?

– Nadie llevaba
un traje de fiesta
en el segundo día de clase
–dijo Timoteo.

– No te preocupes
–le consoló su madre–.
Mañana irás vestido
como el resto
de tus compañeros.

A la mañana siguiente
Timoteo
fue a la escuela
con su camiseta favorita.

– ¡Fíjate! –exclamó Timoteo–.
Llevas la misma camiseta
que yo.

– No –dijo Claudio–.
Eres tú quien lleva
la misma camiseta que yo.

Durante la comida,
Timoteo deseaba con todas
sus fuerzas que Claudio
tuviera que comer solo.

Pero Claudio no estuvo solo.

Terminada la escuela
la madre de Timoteo
no podía encontrarle.
– ¿Dónde estás? –preguntaba.

– No volveré nunca a la
escuela –dijo Timoteo.
–¿Y por qué?
–preguntó su madre.

– Porque Claudio es el más
elegante, el más listo
y en la clase todos son
sus amigos –dijo Timoteo.

– Te sentirás mejor
con tu camiseta de fútbol
–dijo su madre.

Pero Timoteo no se sentía
mejor con su nueva
camiseta de futbolista.

Aquella mañana
Claudio tocó el saxofón.

– Ya no puedo soportarlo más
–se quejó una voz
al lado de Timoteo.

Era Violeta.
– ¿Qué es lo que no
puedes soportar?
–le preguntó Timoteo.

– A Sofía –respondió Violeta–.
Canta y baila.
Sabe contar hasta mil
y siempre se sienta a mi lado.

Durante el recreo
Timoteo y Violeta
estuvieron juntos.

– ¡Y pensar que no me había
dado cuenta de que tú estabas
aquí desde el primer día
de clase! –exclamó Violeta.

– ¿Quieres venir a mi casa
a comer pasteles
después de la escuela?
–preguntó Timoteo.

En el camino de regreso,
Timoteo y Violeta se rieron
tanto de Claudio y Sofía,
que les dio **un** ataque de hipo.

BIOGRAFIA

Rosemary Wells ha trabajado como ilustradora desde muy joven. Cuando tenía nueve años su especialidad era dibujar caricaturas de políticos. Unos años después se convirtió en una alumna muy brillante de las Escuelas de Bellas Artes de varias universidades de Estados Unidos, país en el que vive. Más tarde se dedicó a una tarea que ha continuado hasta el presente: los libros para niños. Todos los libros que ha creado en los últimos diez años han ganado premios y medallas y han sido muy bien acogidos en varias naciones europeas, especialmente en Inglaterra. En esta misma colección figuran otros tres libros suyos: *Julieta, estate quieta, Lucas y Virginia* y *El saco de desaparecer.*

Colección Altea benjamín

ULTIMOS TITULOS PUBLICADOS